Toby
Nina
Léo

La famille RADÉVILLE

Le Manoir Hanté

Monique UDERZO-OTT

Jean-Luc PION

Editions Chamamuse

Fermé

Dans la librairie du petit village de Gasparville, Monsieur Milfeuilles, fatigué par sa rude journée de travail, regagne sa maison le soir venu. Il y retrouve sa femme qui l'attend pour manger une bonne soupe chaude avant d'aller se coucher, laissant ainsi sa boutique déserte jusqu'au lendemain… mais l'endroit ne l'est pas tant que ça, de curieux visiteurs en profitent pour prendre possession des lieux.

Une famille de petits rongeurs, Gaston, Lylette, Toby, Nina et Léo, débarque dans leur « restaurant » favori afin d'y dîner paisiblement. À petits pas, nos cinq visiteurs se glissent sur les étagères, entre les différents ouvrages, sans faire de bruit. Eh oui ! C'est qu'il ne faudrait pas réveiller Têtenbois, le gardien qui habite un appartement situé juste au-dessus, et Charivari son gros matou. Ces derniers ne sont pas tendres avec les souris et les rats.

La voie est libre, Lylette !
Venez les enfants !
Nous amuser en jouant à chat perché !
Galoper, sauter et nous pourchasser !
Nous allons faire les fous !
Mille pincettes à gaufrettes, il ne faut jamais prononcer le mot « chat » !

Eh oui !… Avant de dévorer le livre, on doit d'abord le lire !

Ces escalades et ces descentes me fatiguent.
Le Manoir Hanté
J'aimerais une histoire de fées !
Moi je veux une aventure de pirates !

manoir en T…
u'est-ce que ça
veut dire ?
Gros malin ! C'est le manoir HANTÉ.

Le Manoir Hanté
Installez-vous confortablement, l'histoire va commencer !

les parents :
Marion et Julien

les enfants :
Lucie et Bastien

la chienne :
Téquilla

les fantômes :
Lisa, Mathieu et Elliot

les invités des fantômes :
les Farfadets, les Elfes, les Lutins,
les Korrigans et les Fées

Le Manoir Hanté

Il était une fois en Normandie, un manoir...

Durant tout l'été, la maison avait énormément grossi. Elle était même devenue grassouillette. Pas parce qu'elle avait mangé beaucoup de bonbons et de gâteaux, non! Bien sûr que non! Les maisons ne mangent pas évidemment, mais la vigne vierge, qui s'accrochait à ses murs pour la protéger du soleil brûlant grâce à ses larges feuilles, lui avait donné quelques kilos de trop.

L'automne arrivait à pic pour la mettre au régime, aidé d'une légère brise, il la débarrassait doucement de ses feuilles mortes. Emportées par son souffle, elles tourbillonnaient et s'accumulaient par paquets sur la terrasse et dans les allées. Lentement, la maison maigrissait. Les vacances s'achevaient et malgré tout Bastien et Lucie étaient joyeux et insouciants. Ils chahutaient en riant.

2

— Trop beau ton nouveau look pour la rentrée des classes! dit Bastien à sa sœur.

— Attends que je t'attrape mon coco, je vais t'offrir un déguisement spécial épouvantail à corbeaux! lui répliqua Lucie.

— Tu te traines comme une tortue ma pauvre Lulu!

— Et toi comme un limaçon baveux qui s'aiderait de béquilles! rétorqua Lucie.

— Laisse-toi faire Téquilla, tu ne vas pas le regretter! ajouta ce coquin de Bastien.

— J'ai l'impression qu'elle partage notre délire! s'exclama Lucie.

— Wouaf! Wouaff! approuva la chienne.

Profitant des balançoires jusqu'au dernier moment, Lucie et Bastien s'élancèrent très haut… Mais leur maman les appela… le départ approchait.

— Lucie! Bastien! Venez rassembler vos affaires, nous partons dans une heure.

— Oui m'man! Nous venons tout de suite! répondit tristement Lucie.

— Quel dommage, les vacances se terminent déjà! se lamenta Bastien.

Les valises furent très vite bouclées et chargées dans le coffre de la voiture.

— C'est égal, l'été est bien vite passé!

— Hélas tu as raison chéri! Comme chaque année nous sommes sous son charme puis soudain il tire sa révérence! rétorque Marion à Julien, les parents des deux enfants.

Bastien et Lucie rejoignirent leurs parents et s'apprêtèrent à monter dans la voiture.

— Êtes-vous sûrs de ne rien oublier les enfants? Vérifiez vos bagages, car nous ne reviendrons qu'au printemps.

— C'est bon p'pa! On a tout pris! s'exclamèrent ensemble Bastien et Lucie.

— Je vais faire un dernier tour d'inspection! annonça Marion pour rassurer son mari.

Après avoir fermé la porte de la maison à clef, la voiture quitta les lieux.

— Allez hop! Direction Paris!

Alors que Monsieur et Madame Painsec pensaient leur demeure en hibernation, cette dernière commença à s'animer d'une bien étrange façon...

— Ouf ! Les Intrus sont partis ! J'adore ces moments de solitude. Enfin seule ! déclara la maison.

— Tu n'es pas toute seule, est-ce que nous comptons pour des prunes ? rétorqua un grand chêne.

— Oups ! Oui ! Tu as raison le chêne, je parlais des humains bien sûr !

— Quel bonheur ! Pour nous les vacances commencent maintenant ! enchaîna le cabanon.

— Encore une saison sans que je puisse me baigner avec les vacanciers ! J'aimerais tellement faire des balades sur la plage et rafraichir mes murs dans les vagues ! soupira la maison.

— Ne dis pas de sottises, tu es comme moi, tes pieds sont solidement ancrés au sol ! déclama le cabanon.

— Grâce au vent, nous continuons gentiment à nous dandiner ! ajoutèrent en chœur les balançoires.

— Il est l'heure de nous amuser et d'organiser une belle fête ! annonça la maison.

— Nous allons réveiller Lisa le fantôme du manoir.

Parfaitement méconnaissable, grâce au masque de princesse derrière lequel elle cachait son joli minois, Lisa, le fantôme des lieux sortait de sa cachette. Lisa jubilait de recevoir tous ses amis. Étant restée cachée plusieurs mois dans la cave, sa robe manquait un peu d'éclat, mais qu'importe, elle n'allait pas tarder à trouver une solution, car elle avait développé d'habiles talents de couturière.

— J'ai assez de substances magiques autour de moi pour embellir mon apparence. Ce soir, je brillerai sous la lune !

Lisa prit délicatement trois toiles d'araignées perlées de fines gouttelettes nacrées qu'elle disposa sur sa robe. Quand soudain !...

— Ce n'est pas bientôt fini de me chiper mon ouvrage ! dit aussitôt l'araignée en colère.

— Oups ! ... Veux-tu m'accompagner à la fête de ce soir ? demanda Lisa pour se faire pardonner.

— Pas le temps ma mignonne, j'ai trop de travail ! répondit la petite besogneuse.

Alors, sans se déconcentrer, Lisa continua la transformation de sa robe. D'exquis rubans violets vinrent rehausser les nombreuses

dentelles de son corsage. À l'aide d'un fil d'argent, Lisa enfila des gouttes de rosée rondes comme des perles pour se confectionner un collier. Le temps d'enlever les papillotes de ses cheveux d'or, et elle serait prête pour le bal. Elle rehaussa ses beaux yeux bleus d'un trait de crayon, mit un peu de poudre d'étoiles sur son nez et rougit ses lèvres avec du jus de framboise.

Lisa appela ses amis les Lutins pour préparer le banquet.

— Invitons les Farfadets, les Elfes, les Lutins, les Korrigans et les Fées !

Lisa ouvrit tous les placards et puisa abondamment dans les réserves. Bientôt les tables furent dressées, les couverts et les assiettes disposés, puis les verres furent remplis.

Après avoir avalé un lait d'ambroisie, Lisa se dirigea vers la terrasse. L'air était frais et sentait bon la liberté.

— Ils vont bientôt arriver, veillez à ne rien oublier mes amis ! murmura-t-elle à ses doux serviteurs.

Ceux-ci s'affairèrent instantanément pour que la fête soit réussie. Ils savaient ce qu'ils avaient à faire. Depuis le temps que durait leur manège, ils étaient rodés. À chacun sa place. Malo, le plus âgé des Lutins dirigeait tout le personnel.

Fouetté par les embruns venus du large, le pin parasol, l'arbre le plus vieux du jardin, servait de sentinelle. À l'occasion son rôle consistait aussi à prévenir Lisa de l'arrivée des premiers convives.

Comme tous les ans, les premiers arrivés furent Mathieu, le frère de Lisa, et Elliot leur cousin, également fantômes de leur état. Ils descendirent tranquillement du grenier pour prendre leurs quartiers d'hiver. Qu'ils étaient beaux dans leurs costumes d'apparat, coiffés chacun d'un chapeau haut de forme, en satin noir, qui masquait avec peine les mèches rebelles de leurs cheveux blonds. Portant magnifiquement le jabot, ils ressemblaient à des princes.

Cette fois-ci, Mathieu avait opté pour un habit de velours vert, assorti à ses yeux et Elliot s'était laissé séduire par un complet, d'un bleu profond, pour les mêmes raisons que son cousin. Tous deux entendaient bien être les fantômes les plus admirés et les plus enviés de la soirée. Ces chenapans avaient prévu maintes farces pour impressionner leurs camarades et enflammer le cœur des plus jolies Fées, ainsi que les esprits des plus frileux. Ces deux fripons excellaient dans ce domaine.

À présent tous accouraient pour participer à la fête, en groupe pour certains, seuls ou en couple pour les autres.

Un peu à l'écart, et rempli d'une tristesse absolue le châtaignier chouinait dans son coin.

Tout le monde le boudait, car tous avaient peur de se piquer les pieds sur ses bogues tombés par terre.

— Un vrai cactus ! disaient les Elfes.

Virevoltant avec grâce, une petite Fée vint lui tenir compagnie pour lui raconter les derniers potins.

— Je m'ennuie tellement pendant l'hiver, lui confia-t-il entre deux sanglots, personne ne vient me voir !

Comme un cadeau venu du ciel, immédiatement, la Fée débarrassa les bogues de leurs aiguilles.

— Merci de ta gentillesse Abby, pour une fois, moi aussi j'aurai la visite de nos amis ! soupira le châtaignier en essuyant une larme de bonheur.

Les flonflons de la fête s'élevaient gentiment dans la salle à manger. Dans ce joli brouhaha, tous se retrouvèrent et échangèrent leur point de vue sur les humains. Nerveusement, tous attendaient que la nuit s'installe confortablement pour courir en ville afin de s'introduire chez les habitants. Soudain le départ fut donné, et la petite troupe arriva en fanfare dans les rues.

Les Farfadets poussèrent des cris aigus et les Korrigans bousculèrent les portes et les fenêtres des habitations.

À l'instar de leurs amis, Mathieu, Elliot et Lisa partageaient les mêmes plaisirs. Faire peur aux mortels constituait leur passe-temps favori.

17

Forçant les ouvertures des maisons, Mathieu jeta à la volée des sacs en papier remplis de cendre froide. Sous la force du geste, les paquets se crevèrent les uns après les autres, laissant échapper un nuage de poussière blanchâtre. Un vrai désastre pour toutes les ménagères soucieuses de la propreté de leur logis.

— C'est un cadeau offert par Mathieu le fantôme! cria-t-il en riant très fort.

Habile exploratrice de réfrigérateur, Lisa fit main basse sur un bol rempli d'œufs. D'ailleurs, l'un d'eux se tenait sur une patte, impatient de participer à quelques bonnes bêtises. Lisa en plaça plusieurs dans un petit panier, et couru vite les lancer sur les carreaux des maisons.

Sur la pointe des pieds, Elliot pénétra dans la chambre de Monsieur Glaglagéfroid qui dormait profondément, et, à l'aide d'une longue paille, il but ses rêves et se régala de ses cauchemars. Quel coquin ce gourmand !

De son côté, avec l'aide d'Artus et de Tika, ses amis Korrigans, Mathieu délogea des araignées, ainsi que leurs toiles, pour les placer dans le lit des dormeurs. Puis, non contents de cette bonne farce, ces trois chenapans leur chatouillèrent les bras et les pieds avec des branches d'orties.

— Profitons pour faire les fous, régalons-nous mes amis !

— Mathieu, Lisa et Elliot ont raison ! répondit Mélisse, une demoiselle Farfadet.

Suite à cette surabondance de mauvaises blagues, les gens faisaient de vilaines grimaces. Ils étaient aussi inexpressifs qu'une botte de radis ou qu'une branche de céleri.

— Ah les gredins! Les marauds! criaient les uns en sortant de leur sommeil.

— Les vauriens! Les voyous! hurlaient les autres encore à moitié endormis.

Tapies dans l'ombre pour mieux observer leurs victimes sans être découvertes, les petites fripouilles riaient de bon cœur.

Certains habitants, réveillés en sursaut, tenaient de bien curieux propos...

— J'ai passé du temps à me scier les dents ! Heu non ! Pas exactement ! À me casser les dents ! Heu ! À gérer ma vie en dents-de-scie... Je ne sais plus vraiment ce que je raconte ! s'écria affolé le menuisier, Monsieur Dodugrobide, les cheveux complètement en pétard.

— Pomme d'Api, cerise confite, jus de carottes, marmelade d'oignons et d'oranges amères, noyaux d'abricots moisis ! marmonna d'une voix pâteuse Mademoiselle Grappourrie, l'épicière du village.

— Je suis comme une crotte ! Heu ! Comme une grotte, je résonne lorsque l'on me crie dans le nez et les oreilles ! couina Madame Bredouillard dans un curieux hoquet.

Occupés par leurs farces, ces petits chenapans n'avaient pas remarqué la présence de la sorcière Grinchemine. Ils n'avaient pas non plus prévu sa colère. Habitante de cette petite ville, Grinchemine n'appréciait pas du tout cette débauche de bêtises. Elle voulait être la seule à tourmenter ses voisins. Exaspérée, elle usa de sa magie sur Mathieu, Lisa et Elliot en leur jetant un mauvais sort…

— Galimatias et turpitudes ! Exonas tapass nervouisss ! Redevenez de gentils enfants ! Je vous l'ordonne !

25

Sous l'effet du vilain sortilège, les trois petits fantômes disparurent aussitôt pour se transformer en minuscules graines d'or et d'argent. Aussitôt, les Fées réagirent en essayant de déjouer l'ensorcellement, mais elles n'y parvinrent pas. La sorcière avait de trop grands pouvoirs.

Dégoûtés de ce qui arrivait à leurs amis, les

Farfadets, les Elfes, les Lutins, les Korrigans et les Fées retournèrent chez eux le cœur gros d'avoir perdu leurs compagnons de jeu.

Quelques années plus tard, et avec beaucoup de regrets, les trois cousins redevinrent des enfants. Les souvenirs de leur vie de fantôme et de leurs folles nuits de sottises s'estompèrent peu à peu de leur mémoire, mais au fond d'eux, gravé dans leur cœur, ils gardèrent le mode d'emploi d'un certain nombre d'entre elles. C'est pourquoi encore aujourd'hui, ces trois fripons n'hésitent pas à retrouver leurs plaisirs d'autrefois.

Il paraît que depuis, la maison s'ennuie et attend avec impatience leur retour !

Colchiques dans les prés, fleurissent, fleurissent, colchiques dans les prés, c'est la… FIN

Quel enseignement en tirez-vous mes petits ?
J'aimerais jouer avec les p'tits fantômes !
Oui, oui faire des bêtises avec eux !
Je vais imiter Lisa, je veux embellir ma robe !
Mais voyons ! Vous n'avez rien compris de la leçon mes chéris !
C'est vrai, les petits fantômes se sont bien amusés, mais ils ont été punis !
Pourquoi dis-tu ça m'man ?
À cause de leurs sottises, ils ont perdu le droit de passer au travers des murs !
Ah oui ! Je n'avais pas songé à ça !
Quelle malchance !

Il ne faut jamais ennuyer les autres, ce n'est pas bien. Il faut respecter la vie de chacun, sinon on récolte des punitions !

Nom d'un fromage coulant, à présent, passons à table !

Tout ce remumenage a alerté Charivari,
le chat du gardien qui vit au dessus de la librairie...

Je vais tous vous avaler en une seule bouchée ! ... **Chamamuse trop** !
Vite les enfants... Sauve-qui-peut !
Attrape-nous si tu peux gros lard poilu !
FIN

Imprimé sur papier issu de forêts gérées durablement

ISBN 978-2-919711-27-7

dépôt légal : janvier 2019

Achevé d'imprimer

Typo'Libris UE

Composition : Chamamuse.com

La famille RADÉVILLE